Gallimard Jeunesse / Giboulées sous la direction de Colline Faure-Poirée

© Éditions Gallimard, 1994
ISBN : 978-2-07-058440-6
Premier dépôt légal: avril 1994
Dépôt légal: février 2007
Numéro d'édition : 150535
Loi n°49956 du 16 juillet 1949
sur les publications destinées à la jeunesse
Imprimé et relié en France par Qualibris/Kapp

Mireille l'Abeille

Antoon Krings

GALLIMARD JEUNESSE / Giboulées

Il était une fois une abeille qui s'appelait Mireille. Elle vivait dans une toute petite maison, nichée au pied d'un rosier.

Comme chaque matin, elle agitait ses ailes et s'en allait travailler. Elle se posait sur une fleur, ramassait un peu de pollen, puis allait en butiner une autre, puis une autre, et ainsi de suite durant toute la journée.

Une fois rentrée chez elle, Mireille faisait de délicieux pots de miel très parfumés et aussi des bonbons dorés qu'elle enveloppait dans des papiers colorés.

Mais voilà qu'un beau jour,
en rentrant du travail, elle retrouva
sa maison tout en désordre et, oh
malheur, les trois quarts de ses pots
vides! Des bonbons dorés, il ne restait
plus que les papiers colorés.

Elle remit un peu d'ordre et, furieuse, fit le tour du jardin pour interroger ses voisins. Léon le bourdon bourdonna qu'il n'avait rien entendu.

Siméon le papillon, qui papillonnait, n'avait rien vu, et ne parlons pas des fourmis bien trop occupées à vider un sucrier.

Mireille rentra donc chez elle pour se coucher et oublier un peu cette histoire. Mais devinez ce qu'elle trouva dans son lit?

Un nain! Eh oui, un nain, comme on en voit parfois dans les jardins.

– Ah non! Il ne manquait plus que ça! s'écria Mireille en le secouant.

– Trop petit, un peu trop petit, le lit… fit l'étrange bonhomme tout en dormant.

– Et mon miel? dit-elle en le secouant
plus fort.
– Bon, trop bon, le miel… fit-il
toujours endormi.

– Et mon balai? ajouta-t-elle en lui tapant un peu le derrière.

– Turlututu! Qu'est-ce que c'est? cria-t-il tout à fait réveillé.

D'un bond, il sauta du lit et disparut dans la nature. Turlututu chapeau pointu!

Dans sa précipitation, le lutin perdit son chapeau pointu, oublia ses petits chaussons et une clochette que Mireille trouva fort jolie.

Si vous voyez par hasard dans le ciel
une abeille qui ressemble à un lutin,
vous n'aurez pas rêvé. Et si vous
trouvez dans votre jardin un très petit
nain qui ne ressemble plus vraiment
à un lutin, vous n'aurez toujours
pas rêvé.